AF495668

[PE]TITE BIBLIOTHÈQUE PICARDE.

NICOLAS
ET
COLOMBO

PAR

ANDRÉ NICKEL.

AMIENS.
T. JEUNET, IMPRIMEUR-ÉDITEUR,
Rue des Capucins, 45.

M D CCC LXXXII.

PETITE BIBLIOTHÈQUE PICARDE.

NICOLAS
ET
COLOMBO

PAR

ANDRÉ NICKEL.

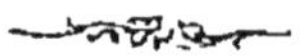

AMIENS,
T. JEUNET, IMPRIMEUR-ÉDITEUR,
Rue des Capucins, 45.

M D CCC LXXXII

NICOLAS ET COLOMBO

PREMIÈRE PARTIE.

Récit de Nicolas.

S'il y a dans notre Picardie un village, un vrai village qui puisse se vanter de n'avoir jamais fait parler de lui, c'est Puymesnil. Et pourtant Puymesnil, situé au Nord-Ouest d'Albert, n'en est distant que de quatre kilomètres; et ces kilomètres sont si petits qu'un piéton les franchit sans peine en une demi-heure.

En dépit de sa proximité d'Albert, de ce milieu intelligent, avide de progrès, remuant et parfois agité, en un mot bien en verve, Puymesnil a conservé son aspect somnolent et typique de village franchement picard.

On trouve là, sur une place dénivelée, une église en pierre blanche du pays, flanquée d'un gros clocher trapu, que surmonte un éteignoir à six pans, le tout d'un style sans nom, mais que l'on pourrait appeler le *style maçon*, n'offrant à l'œil peu charmé que des aspects raides, massifs et carrément uniformes.

C'est là aussi qu'on aperçoit ces enfilades de granges encapuchonnées de toits de chaume, moites et moussus, piquetés de végétations vivaces, de plantes grasses envahissantes, de cédums aux floraisons jaunes, ces murs en torchis lézardés par la gelée ou fendillés par le grand soleil d'août, constellés de trous noirs qui sont l'ouvrage des rats et des musaraignes, ces grosses verrues qui marquent, par leur embonpoint débordant de plusieurs pieds sur le remblai de gazon qui tient lieu de trottoir, la place du four à cuire le pain de ménage; ces cours pleines de fumier, peuplées de poules d'où s'échappe un rustique et pénétrant parfum d'étables à vaches; et les instruments aratoires adossés contre les palissades, sous la porte charretière, en pleine rue, un peu partout, un peu au hasard et beaucoup à la grâce de Dieu et de la température.

C'est dans une des bonnes fermes de Puymesnil que vivaient, en 1855, Jacques-Mathieu Bouvard et Mélanie-Madeleine Trognet, mes père et mère. C'étaient de bons et braves cultivateurs, simples d'esprit, mais assez intelligents pour faire convenablement leurs affaires et ne pas se mêler de celles des autres. Trois enfants leur étaient nés dans les premières années de leur mariage; les récoltes se vendaient bien, on faisait argent de tout, on travaillait beaucoup, on consommait peu, et on se trouvait heureux, bien que le souvenir de la fortune de mon aïeul amenât parfois des paroles de regrets, entremêlés de soupirs sur les lèvres de mon père. Pauvre père, d'autres chagrins lui étaient réservés, et bien autrement cruels !

Je ne sais quelle mauvaise chance s'acharna contre mes parents, quel vent de ruine se mit à souffler sur toutes leurs entreprises vers 1863, mais il est certain qu'à partir de ce moment là, tout alla de travers dans la ferme. Les trois enfants moururent du croup ; la récolte fut manquée plusieurs années de suite en dépit des soins et des sueurs de mon père ; on perdit un cheval de la morve et deux autres furent tués par l'effondrement d'un grenier. Bref il fallut emprunter de l'argent pour continuer la culture ; et quand le cultivateur en arrive à cette extrémité, on peut dire, neuf fois sur dix, qu'il est perdu.

Ce fut au début de cette dégringolade que je vins au monde, en 1864. Mon enfance a été aussi triste que peut l'être l'enfance, à qui le Seigneur, dans sa toute bonté, donne des trésors d'insouciance et des joies quotidiennes à bon marché, pour compenser sans doute, les maux et les chagrins que lui réserve l'âge mûr. Ma mère a bien souvent pleuré, j'en suis sûr, en me donnant le sein ; et si loin que se reportent mes souvenirs d'enfant, ils me montrent mon père rentrant des champs avec un visage soucieux, les bras pendants et abandonnés, tombant découragé sur son fauteuil dans un coin de l'âtre, et remuant machinalement les tisons avec les pincettes cassées, sans dire un mot. D'autres fois il arrivait tout agité, sortant des écuries ou des étables : « Je ne sais pas ce qu'a la « vache noire, ma femme, disait-il d'une voix « altérée, mais elle ne mange pas, elle ne « respire pas comme d'habitude et son œil « est tout drôle. » — « Allons, ne va pas te « mettre martel en tête pour si peu, lui « répondait ma mère d'un ton affectueux ; « ça se voit tous les jours, des vaches qui « ne mangent pas et qui vous regardent de « travers, el les n'en sont pas moins gail- « lardes le lendemain. Assieds-toi et « mangeons la soupe. »

Et le lendemain la vache noire mourait.

Tant et si bien qu'un beau jour mon père chargea sur une brouette nos épaves, c'est-à-dire à peu près rien, de quoi ne pas s'en aller tout nus à travers les rues, et nous quittâmes la ferme. Ce pauvre père, il poussait la brouette devant lui sans savoir où il allait; ma mère, sanglotant dans son tablier, le suivait en me tenant par la main; et moi, je me souviens que de ma main droite restée libre, je tirais par une ficelle, un petit chariot qui n'avait plus qu'une roue : On n'était plus en position de faire réparer les trois autres. J'avais alors sept ans.

*
* *

Comme nous arrivions près de la mare, mon père s'arrêta. Si légères que fussent les miettes de notre bien-être, elles pesaient lourdement sur les bras de ce rustique travailleur paralysé par une progression croissante de revers, vaincu par une mauvaise chance qu'il sentait n'avoir pas méritée. D'ailleurs, je l'ai dit, il ne savait pas où il allait.

Nous nous assîmes sur un tronc de saule, couché là au bord du chemin, contre le talus de boue durcie qui entourait la mare, et, mornes tous les trois, — car moi aussi je comprenais que le malheur venait de nous abattre, et de nous jeter à terre d'un rude coup d'aile, — nous restâmes abasourdis de notre situation. Ma mère m'a dit plus tard qu'à ce moment là elle s'était sentie tellement la tête vide, qu'elle ne pensait même pas au Bon Dieu, que pourtant elle aimait bien.

Nous étions donc là dans le silence et l'immobilité, quand, tout d'un coup, voilà notre chien *Moustache* qui arrive tout en boîtillant et en jappant, je puis le dire, avec des larmes dans la voix. Je dois dire que Moustache était un chien rare, en ce sens qu'il n'appartenait à aucune race, toutes les races du département ayant vraisemblablement apporté leur contingent dans la complexe filiation de ce produit hors classe. De taille moyenne, comme tous ceux qui ont des ancêtres grands et petits, il réunissait les diverses qualités qui font la valeur et le mérite de chaque espèce en particulier. Fidèle comme un barbet, doux comme un épagneul, alerte et vigilant comme le chien de berger, vif et pétulant comme un braque français, il avait au fond de son regard, quand il vous le poussait droit devant lui, des tendresses infinies, et une bonté..... ma foi, une bonté de chien, je ne trouve pas d'autre épithète. Quant à son pelage, je crois bien qu'il était gris; il devait l'être, car le gris, dans sa gamme illimitée de nuances variées et indécises, comprend tous les tons déclassés où viennent se fondre les teintes pêchées un peu partout.

Je dois dire encore que Moustache était boîteux de la patte droite de devant, par suite d'un acte de dévouement que je tiens à rapporter ici.

*
* *

Nous avions une tourterelle qui circulait en toute liberté dans la maison. Le matin on ouvrait sa cage ; elle sortait, faisait ses petits tours, roucoulant de joie, racontant à sa manière, avec des hochements de tête à la fois brusques et ingénus qu'elle avait bien dormi, et nous remerciant dans sa langue de lui avoir rendu cette liberté dont tant d'oiseaux sont privés ; jamais indiscrète ni inconvenante, et vivant avec Moustache sur le pied d'une tendre familiarité. Ceci fait le plus bel éloge de ma famille ; car, on l'a remarqué, là où les animaux sont doux et gais, les maîtres sont de braves gens : si la règle n'est pas générale, elle comporte peu d'exceptions.

Or, une fois, quelques jours avant notre désastre, mes parents, préoccupés, avaient oublié avant de se rendre aux champs d'ouvrir la cage de la tourterelle. C'était de bon matin, à quatre heures peut-être, et je dormais encore de mon franc sommeil d'enfant, quand je fus réveillé par la voix de Moustache qui semblait bien affairé. Il jappait, il pleurait, il se plaignait, et puis à ses gémissements se mêlait un singulier bruit, une sorte de raclement saccadé, violent et opiniâtre. J'écartai le rideau de mon lit et voilà ce que j'aperçus. Moustache grimpé sur la huche au pain où se trouvait la cage de la tourterelle et qui, à grands coups de patte essayait d'ouvrir la porte de cette prison.

Malheureusement cette fermeture de cage consistait en une sorte de verrou en fil de fer dont plusieurs bouts faisaient saillie en manière d'épines. Au moment où j'allais me lever pour abréger l'entreprise de Moustache, la porte s'ouvrit, la tourterelle reconnaissante, roucoula et sortit; mais ce pauvre Moustache vint tomber en pleurant sur mon lit: il avait la patte coupée en maint endroit.

Voilà pourquoi, ce bon Moustache boîtait lorsqu'il vint à nous, au moment où le chagrin nous clouait, abattus, sur notre tronc de saule, et nous fit mille caresses, à nous qui l'avions oublié.

Quant à la tourterelle, effrayée par les gens de loi qui s'emparaient de nos meubles, elle disparut.

J'avais pris la bonne bête dans mes bras, dans l'élan d'une sorte d'affection furieuse; aux heures agitées de certains chagrins violents, quand on se sent châtié par le sort, c'est un indicible soulagement que de rencontrer un cœur qui vous aime franchement, sans restriction, et de le serrer avec abandon, bien fort sur sa poitrine, ce cœur fût-il un cœur de chien. Je m'imagine qu'à tout âge ces effusions-là sont un calmant sans pareil, bien autrement efficace que toute consolation raisonnée, et dont l'âme est rafraîchie sur le champ.

Je serrais donc Moustache dans mes bras, et m'étais mis, suivant mon habitude, à lui débiter toutes sortes de gentilles choses pendant qu'il me léchait en manière de remerciement. Je lui parlais de sa pauvre petite patte malade qui guérirait bien vite, et des bonnes courses que nous ferions ensemble le long des haies, où l'on trouve des mûres sauvages, et dans les champs où Moustache prenait tant de plaisir à fourrer son museau dans les trous de taupes et à sauter dans les hautes luzernes, avec des aboiements tout à fait réjouissants. Je lui prodiguais mille noms bien tendres en promenant mes mains dans son poil un peu rude, quand vint à passer la mère Mansiaux, une bonne vieille, toute cassée, ridée, usée, ratatinée, pliée à angle obtus. Elle s'arrêta devant nous et s'adressant, de sa voix chevrottante, à mon père qu'elle avait connu tout petit: « Ah! Miséricorde de la Sainte-Vierge, dit-elle, c'est donc vrai ce qu'on vient de me dire, que les gens de loi t'ont mis dehors, mon pauvre Mathieu! Et vous aussi, naturellement, Madeleine, et le petiot avec! C'est à douter du Bon Dieu; car enfin vous avez toujours été de braves et honnêtes gens, de père en fils; et bons pour le pauvre monde, c'est connu; et fiers à la besogne, et pas dépensiers. Ah! quand on n'a pas de chance..., on n'a pas de chance! Eh bien après? continua-t-elle, ce n'est pas tout; où vous en allez-vous comme ça? »

Cette question, bien naturelle de la part de la bonne vieille qui avait toujours témoigné une sincère affection à mon père, le tira de sa torpeur. Il parut sortir d'un sommeil profond, et après avoir réfléchi un instant, il répondit en frappant ses mains sur ses genoux: « Je n'en sais rien de rien, Mère Mansiaux! » — « Allons mon pauvre Mathieu, « tu as la tête cassée; tes idées n'y sont plus; « je comprends cela. Venez chez moi, Je « suis toute seule et j'ai assez de place pour « vous tenir jusqu'à meilleur temps sans me « ruiner; arrive avec ta brouette, mon ami;

« tu perds le jugement à rester là sur ton « saule. Allons! en route, vous êtes encore « jeunes, que diable! »

Nous nous installâmes chez la bonne vieille; les gens de loi nous rendirent nos lits et trois chaises, et je ne sais si papa et maman dormirent bien cette nuit-là; j'en doute fort; mais je sais que pour mon compte je ne fis qu'un somme, et un bon!

*
* *

Le lendemain matin, mes parents, levés de bonne heure, allèrent offrir le service de leurs bras à de bons cultivateurs qui ne demandèrent pas mieux que de les employer, car on les connaissait partout pour de braves ouvriers, ne boudant point à la besogne.

Je restai seul avec Moustache près de la mère Mansiaux, qui surveillait le pot au feu et il me vint, ce matin-là, une sorte de remords. Tout en faisant ainsi mes petites réflexions d'enfant sur le changement de notre position, je m'étais dit que la mère Mansiaux était bien aimable et bien généreuse de nous recueillir, Papa, Maman et moi. Mais n'étais-je pas indiscret en gardant mon chien chez elle? Et comment faire? L'idée de me séparer de Moustache me paraissait mille fois plus cruelle que toutes les ruines et tous les déménagements en brouette; et rien qu'en regardant mon chien, qui dormait au pied de mon lit, j'avais envie de pleurer.

J'eus néanmoins un bon mouvement dont je suis encore fier et pour ne pas laisser moisir ma résolution, au moment où la mère Mansiaux me servait ma tasse de café au lait bien sucré, je pris mon courage à deux mains et je dis à la bonne femme :

— « Mère Mansiaux, je voudrais bien vous dire quelque chose... »

— « Quoi donc, mon enfant, dis-moi çà. »

— « Eh bien, mère Mansiaux, c'est que vous êtes bien bonne pour nous, mère Mansiaux, mais... mais... il y a Moustache... »

En entendant son nom, Moustache qui jusque là s'était tenu tranquillement assis sur son derrière, à côté de ma chaise, tout en humant la vapeur embaumée de la chicorée au café, Moustache n'y tint plus, et d'un bond fut sur mes genoux. Alors toutes mes bonnes résolutions s'évanouirent, mon énergie m'abandonna, et ce fut au milieu des sanglots que je continuai :

— « Oui, il y a Moustache... qui mange...

qui mange trop... il faut le donner... nous en débarrasser. »

Je disais cela, mais d'une part, je n'en pensais pas un mot, et d'autre part, je me disais que, bonne comme elle l'était pour les gens, la mère Mansiaux se laisserait peut-être attendrir pour mon chien; et l'idée de m'en séparer m'avait complètement abandonné.

Mon espoir ne fut pas trompé.

— « Ah petit! s'écria la bonne vieille en « m'embrassant, tu as cru que je bouderais « ton chien! Non, va, je vois bien que tu « l'aimes, et ça me réjouit. Garde-le, petiot, « garde-le; il soignera mes poules, et ce n'est « pas encore lui qui nous mettra sur la paille. « C'est bien, vois-tu, petit Nicolas, d'être « affectueux aux bêtes; ça prouve un bon « cœur; et puis, ajouta-t-elle en levant sa

« main ridée vers le ciel, retiens-le, c'est moi « qui te le dis, *ça te portera bonheur!* »

Et elle m'embrassa encore une fois.

Cette femme-là, je suis bien sûr que si ses soixante dix-huit ans étaient écrits en sillons profonds sur sa figure parcheminée, son bon vieux cœur n'avait pas une ride.

Cette promesse que mon amour pour les bêtes me porterait bonheur, avait été faite d'un ton si singulièrement prophétique que j'en restai vivement impressionné ; et aujourd'hui qu'elle s'est accomplie comme on le verra plus loin, je ne puis me la rappeler sans une certaine émotion.

*
* *

On se figurera peut-être que ce fut à Moustache, à son intelligence, à ses talents que je dus plus tard l'amélioration de mon sort. Ah bien oui ! Moustache, dont la patte était malade, ne marchait que difficilement, et peu de jours après notre installation chez la Mère Mansiaux, quelqu'un nous le rapporta broyé par un cabriolet. Passons à la hâte sur cet accident, car le cœur me saigne quand je songe à ce que j'éprouvai ce jour-là. Mon père lui-même ne put retenir une larme ; mais nous n'étions pas au bout de nos tribulations.

L'été se passa relativement heureux ; mon père et ma mère gagnaient d'assez bonnes journées ; nous payions une modique pension à la mère Mansiaux et nous faisions encore des économies. Mais un matin, la bonne vieille ne faisant pas de bruit comme à l'ordinaire, comme quelqu'un qui met sa maison en branle et commence sa journée, ma mère alla jusqu'à son lit :

elle était morte, la pauvre chère femme, morte comme elle avait vécu, sans bruit, sans déranger personne.

Elle avait des héritiers. Nous louâmes une mauvaise masure tout au bout du village, composée de deux places, (car on ne peut pas appeler cela des appartements), d'un grenier, d'une cour dont la porte avait disparu, — ce qui fait que tout le monde aurait pu venir nous voler si nous avions été volables, — d'une sorte de grange et de deux ou trois étables en ruine. Tout cela était humide, sombre et froid ; il poussait du velours blanc le long des murs de ce que nous appelions notre chambre, et le vent jouait de la cornemuse par une foule de fentes aux portes, aux fenêtres, même au plafond. Nous avions l'avantage d'être en plein air quand nous étions couchés, ce qui atténuait quelque peu l'insalubrité de la chambre; mais certains jours, nous étions en pleine eau.

Le temps de la moisson étant passé, ma mère alla s'embaucher à la sucrerie d'Albert. Mon père fit les semailles pour ses maîtres, et à la rigueur nous aurions pu vivre dans ces conditions quand un double malheur vint fondre sur nous. En revenant des champs sur une voiture chargée de paille, mon père glissa, tomba sur la route et eut le bras droit cassé. Il fallut le lui couper. En même temps ma mère, vivant au milieu des vapeurs et de l'humidité de la sucrerie, prit une maladie de poitrine. Au mois de mars suivant, en 1872, je la perdis et je restai, moi seul intact, à huit ans, sans un sou, avec mon père incapable de relever notre position. Notre propriétaire nous laissa dans notre chaumière pour l'amour de Dieu, mais il fallait manger et un matin, — j'y songe encore avec effroi, — je m'en allai à Albert avec l'idée bien arrêtée d'en rapporter du pain, dussé-je le mendier.

J'ai rencontré depuis, dans le chemin de ma vie, des gens qui ont trente mille livres de rente, qui sont bien nourris, bien chauffés, bien vêtus, entourés de famille et d'amis, qui peuvent mordre à même à toutes les jouissances, et qui se trouvent les plus malheureux du monde parce que leur faux-col se dérange en entrant dans un salon, ou qu'il pleut un jour de chasse. Eh bien je pense, en y réfléchissant, que ces gens là sont réellement bien à plaindre, car leur bonheur est extrêmement compliqué, trop compliqué pour ne pas se détraquer de temps à autre.

Pour moi, si je laisse échapper cette boutade peut-être superflue, c'est qu'après avoir été amené, au petit lever de ma vie, par une succession de misères et de déboires à cette cruelle extrémité de n'avoir plus de pain, je puis parler du malheur : j'ai vécu dans son intimité.

DEUXIÈME PARTIE.

L'Auteur prend la parole.

— Qu'est-ce que c'est que çà, grands dieux !

— Ça ? Ce sont des marchands de brosses ou de tapis.

— A moins que ce ne soient des convoyeurs prussiens.

— Taisez-vous, donc mauvais plaisant, c'est tout simplement l'équipage de Serchoux, le marchand de chaussures d'Albert.

— Serchoux ? avec des chevaux pareils ! Et puis, regardez donc, la voiture est dorée du haut en bas.

— Dites les voitures, car j'en aperçois deux, trois, quatre ; Ah ! il y en a toute une file ! Qu'est-ce que cela peut-être ? Nous allons bien le savoir.

Tels étaient les propos qu'échangeaient quelques habitants des premières maisons de la grande rue de Pozières, village situé à 7 kilomètres d'Albert, sur la route nationale de Rouen à Valenciennes, le lundi, 4 mai 1874, vers huit heures du matin. La curiosité de ces bonnes gens, légitimée par la singulière apparence du convoi qui s'avançait vers le village fut bientôt satisfaite. Ils virent en effet défiler devant leurs yeux ahuris une voiture toute dorée, traînée par quatre poneys noirs, attelés en breack ; elle était suivie de 25 poneys de toutes nuances, conduits deux ou trois ensemble, et montés les uns par des nègres, les autres par des blancs. Puis venaient d'autres voitures, les unes peintes en bleu avec filets d'argent, d'autres en brun avec des dessins blancs, les unes grandes comme des wagons, les autres comme des tilburys, et des chevaux ! des chevaux ! Et tout cela marchant en bon ordre, chaque voiture portant un numéro, sous la conduite d'un tas de messieurs et de palefreniers qui parlaient tous anglais, par la raison que tous étaient enfants de la Grande Bretagne. En un mot, c'était la troupe du fameux « Elias Barrel's Circus » ou, pour être plus clair, le célèbre cirque anglais Barrel, ainsi nommé parce que son seul et unique propriétaire est encore aujourd'hui M. Elias Barrel, à qui appartiennent les 34 voitures, les 130 chevaux, les 30 poneys, les lions, Bensiro le voyageur africain, les costumes splendides de toute la troupe, et, pour compléter l'énumération de ses richesses ambulantes, son secrétaire, M. Shall Must, son régisseur M. George Ankwardly, son chef de musique, M. Riverfish, son « agent voyageur précédant, » M. Charles Prince, qui a pour mission d'aller demander les autorisations municipales et de préparer les emplacements, et, enfin, quatre éléphants savants qui sont la plus grande attraction de ce cirque sans pareil.

Le défilé dura un grand quart d'heure et mit en admiration tous les bourgeois, de Pozières, dont un bon nombre se promit bien d'aller voir la représentation que M. Barrel, venant de Bapaume, devait donner le soir même à Albert. Puis tout le monde se remit peu à peu à vaquer à ses affaires. Mais voilà que peut-être une demi-heure plus tard, la curiosité publique se trouva surexcitée de nouveau par l'arrivée dans le village de six personnages dont une

2.

partie était bien de nature à attirer les plus indifférents sur le seuil de leur porte : C'étaient les quatres éléphants de M. Barrel qui suivaient, sous la conduite de deux cornacs à cheval à quelque distance comme on le voit, le gros de la troupe.

Les éléphants, d'une docilité parfaite, marchaient en liberté et d'un bon pas ; et s'ils se trouvaient à une distance respectueuse du reste de la caravane, ce respect tenait au penchant que les deux cornacs professaient pour le cassis français, liqueur éminemment hygiénique d'ailleurs, qui prédispose merveilleusement à la direction des éléphants, et à laquelle les deux cornacs rendaient ponctuellement hommage dans chaque bourgade, village ou hameau qu'ils traversaient.

En passant devant la maison du sieur Noiriteau, épicier cabaretier, à l'enseigne du *Mulet couronné*, les deux cornacs se regardèrent, se comprirent, et firent arrêter leurs pachydermes en poussant un de ces cris anglais qui arrêteraient des locomotives. Les éléphants entrèrent dans la cour de M. Noiriteau, dont la porte fut soigneusement fermée, et le maître de céans, non sans quelqu'émotion, servit aux cornacs deux verres de son meilleur cassis.

L'un de ces cornacs avait nom John, comme presque tous les Anglais ; l'autre s'appelait Tom, comme la plupart des Anglais qui ne s'appellent pas John. John était le cornac en chef, ce qu'aux Indes on appelle le mahout ; Tom était le sous-cornac, mais ces distinctions, parfaitement sensibles les jours où M. Barrel payait les appointements de ses employés, s'effaçaient au seuil des cabarets. Il n'y avait plus alors entre eux d'autre nuance sociale que celle qui naît de la plus ou moins grande aptitude à supporter le cassis.

Les Anglais sont généralement moins expansifs que nous ; mais M. Noiriteau ayant tenu à savoir une foule de détails sur le merveilleux cirque dont il venait de voir défiler le matériel, les cornacs se laissèrent aller à causer avec lui.

*
* *

Pendant ce temps-là, les éléphants s'occupaient comme ils pouvaient dans la cour de M. Noiriteau où on les avait fait entrer, au grand effroi des poules, coqs, canards et lapins qui quittèrent précipitamment le fumier, théâtre de leurs exploits quotidiens, et s'enfuirent dans les étables. Parmi ces éléphants, il y en avait un, plus petit que les autres, auquel M. Barrel tenait beaucoup, d'abord parce qu'il lui avait coûté 28,000 francs, contrat en main, et aussi parce que *Colombo* (c'était le nom de l'animal, le nom de la capitale de Ceylan, d'où il provenait), promettait d'être un des plus beaux spécimens de son espèce, aussi bien au point de vue de l'intelligence qu'à celui de la taille.

Colombo était en effet une bête pas bête du tout, sachant parfaitement discerner le bon du mauvais en toute chose le concernant, et jugeant son monde à première vue. Bon enfant d'ailleurs, quoique très espiègle, — il n'avait que dix ans ; — se contentant de peu mais doué d'une trompe à tout grain, et ne reculant pas devant un petit larcin pour se régaler à l'occasion. Toutefois il ne fallait pas faire l'insolent avec lui, ni le blesser d'aucune sorte, car le gaillard avait, pour se venger des ressources nombreuses et variées.

Or, le matin de ce lundi 4 mai 1874, comme la troupe de M. Barrel quittait Bapaume, et traversait un faubourg, Colombo avisa une belle collection de salades à l'étalage d'une fruitière, il prit le trottoir, tout comme un innocent, se dandinant, la trompe basse, comme un éléphant qui ne pense à rien ; et quand il fut à portée de l'étalage, houp ! d'un geste prompt et charmant, il enleva une magnifique laitue qu'il savoura incontinent. Puis il reprit le milieu de la chaussée.

La fruitière avait vu le coup. Elle bondit dans la rue, se campa devant le cheval de Tom et échangea avec celui-ci quelques propos un peu vifs, si bien que Tom dut remettre six sous à la fruitière, et que Colombo, promptement rejoint par le cornac en colère, reçut, avec quelques épithètes mal sonnantes, trois grands coups de cravache sur le bout de sa trompe, instrument du délit. Dame ! six sous représentent trois verres de cassis. Colombo ne souffla mot; mais il secoua ses oreilles et pensa à part lui : « C'est bon, c'est bon, j'en prends note, mon garçon. »

*
* *

Pline a écrit, et tout le monde sait, que l'éléphant occupe le rang suprême dans la hiérarchie des animaux par ses remarquables qualité de cœur et d'intelligence ; néanmoins il a de la rancune ; mais sa rancune une fois satisfaite, il n'y pense plus.

Au moment où les cornacs avaient enfermé les quatre pachydermes dans la cour de M. Noiriteau, la rancune de Colombo n'avait pas encore trouvé à se satisfaire.

Ses trois compagnons occupaient leurs loisirs comme ils pouvaient ; chacun selon ses goûts et ses moyens : l'un se mit à faire manœuvrer la pompe d'une citerne, l'autre enleva une herse dressée contre une muraille et alla l'accrocher au sommet d'un perchoir de dindons ; le troisième dénicha des œufs dans une écurie et les mangea.... à la coque. Enfin, ils étaient assez tranquilles quoique désœuvrés.

Colombo, lui, ne faisait rien, rien que flairer de çi de là et se promener, en secouant ses oreilles, tout le long des murs et des étables. Au fond de la cour, il y avait un hangar ; au fond de ce hangar une large porte fermée par une clanche, et derrière cette porte un jardin potager en pleine végétation printanière. Colombo crut sentir, venant de ce potager, le parfum un peu amer d'un parc de laitues, un vrai fumet végétal.

— « Il faudrait voir, se dit-il ; il doit y avoir quelque chose à faire derrière cette porte. »

Et soulevant, du bout de sa petite trompe de malin, la clanche de la porte, il attira celle-ci qui s'entrebaîlla, puis s'ouvrit tout à fait ; et Colombo entra dans le potager de M. Noiriteau.

Il y avait là, en effet, d'assez beaux spécimens végétaux pour tenter la convoitise d'un éléphant moins sensuel que notre jeune gourmand, et Colombo allait faire de belle besogne, quand tout à coup l'idée lui vint que si la salade a son mérite, il y a quelque chose ici-bas qui vaut encore mieux, c'est la liberté. Les coups de cravache du matin le confirmèrent dans son idée, et le peu de solidité des clôtures du potager lui ôta toute hésitation.

En éléphant intelligent qu'il était, Colombo commença par fermer la porte du hangar afin d'écarter, au moins pour quelques instants, toute apparence de méfait; puis, il franchit sans peine les menues barrières qui séparaient les potagers voisins, et, en quelques minutes il se trouva en plein champ, libre, sous le joyeux rayonnement d'une belle matinée de mai. Il se mit alors à trotter de ce trot soutenu qui dépasse en vitesse le galop d'un cheval et disparut bientôt dans la direction du bois de Thiepval.

*
* *

— Ainsi, disait M. Noiriteau tenant compagnie aux cornacs, vous ne donnez jamais qu'une seule représentation dans chaque ville !

— Yes, oune seule, répondit Tom.

Et John, développant l'appréciation de Tom, expliqua à M. Noiriteau, que M. Barrel était très juste, très exact, mais d'une sévérité ultra-britannique ; et il ajouta que si un de ses employés, fût-ce son régisseur ou son chef de musique, se permettait de lui manquer de respect ou lui causer quelque dommage par sa négligence ou autrement, M. Barrel était homme à casser la tête du délinquant d'un coup de revolver.

Là-dessus, John regarda à sa montre,

vit que l'heure s'avançait, paya la consommation et se lévant tout d'une pièce il dit à Tom : « hip ! hip ! en route ! »

Tom se dirigea vers la cour, pour en faire sortir les éléphants, pendant que John sortait dans la rue pour détacher les chevaux.

Je ne sais si Tom connaissait certains couplets de vaudeville ou de chanson dont voici le refrain :

Un éléphant,
Sa trompe,
Sa trompe,
Un éléphant, ça trompe bien souvent,

mais il dut faire des réflexions bien amères en voyant que le quatuor des pachydermes confié à sa sollicitude se trouvait réduit à un trio. Il fouilla toutes les étables, écuries, remises, et, n'y trouvant que des volatiles et des lapins, il examina toutes les portes : elles étaient fermées et n'offraient aucune trace de violence. Alors il appela John, M. Noiriteau, Madame Noiriteau, toute la famille Noiriteau. On fit une battue dans la cour et ses dépendances. Tom et John, en qualité d'anglais, conservaient le plus grand calme ; mais M. Noiriteau songeant au revolver de M. Barrel, était fort inquiet et ému de pitié pour les deux cornacs. Il avait même perdu la tête, il faut le croire, car il cherchait Colombo sous des baquets, dans de petites boîtes, dans les mangeoires de ses bestiaux ; il changeait un balai de place dans l'espoir de trouver l'éléphant derrière, enfin il ne savait plus ce qu'il faisait.

Ne trouvant rien qui ressemblât seulement à la queue d'un éléphant ni dans la cour, ni dans les greniers, ni ailleurs, les deux cornacs échangèrent, en anglais et à voix basse, quelques mots : ce qu'ils avaient à se dire était probablement très grave. Puis faisant leurs excuses à M. Noiriteau, ils se remirent en route, dans la direction d'Albert, avec les trois éléphants qui leur restaient.

Arrivés à la Boisselle, ils firent entrer leurs bêtes dans la cour de Madame Liard, qui tient un cabaret sur la route, et prirent un verre de cassis. Mais ils ne s'assirent point. Tom alla dans la cour pour surveiller les animaux, et John, remontant à cheval se rendit à toute bride à Albert, distant seulement de deux kilomètres, et s'en alla trouver M. Barrel qui dirigeait la construction du cirque, arrivé sur le Marché aux chevaux depuis trois quarts d'heure.

M. Barrel parut, en voyant John arriver seul, contrairement à tous les règlements, aussi surpris que peut l'être un Anglais de sa trempe. John le salua, descendit de cheval, et lui dit qu'il avait besoin de lui parler de suite sans témoins.

Le maître et le cornac se dirigèrent vers une voiture qui était l'appartement particulier de M. Barrel et là eut lieu l'entretien suivant.

***

— « Monsieur Barrel, dit John, j'ai « laissé Tom en route. Colombo est en « fuite ; Tom garde les trois autres quelque « part. Il n'y a pas de notre faute ; vous « êtes capable de tout quand on vous « mécontente, et Tom croit que s'il paraît « devant vous, vous lui casserez les reins « d'une façon quelconque. Je viens donc

« vous demander sa grâce par écrit, et
« aussi la mienne car je ne suis ni plus ni
« moins innocent que lui.

« Si, dans une demi-heure, je ne lui ai
« pas porté cette absolution...... il fera
« comme moi, ajouta John en se levant et
« en tirant un revolver de sa poche, il
« prendra ceci et se fera sauter la cervelle,
« mais après avoir massacré les trois
« éléphants qui lui restent. Maintenant
« décidez, le temps presse.

— « C'est tout? demanda M. Barrel de
« sa voix la plus calme.

— « Il me reste encore à vous faire
« remarquer que Colombo doit nécessai-
« rement être retrouvé avant 24 heures,
« car nous l'avons perdu tout près d'Albert,
« à deux lieues environ. C'est tout.
« J'attends.

Et John arma son revolver.

M. Barrel aurait vu les canons de dix milles batteries braqués sur sa personne qu'il n'en eût pas fumé moins tranquillement sa cigarette ; il était absolument réfractaire aux émotions. Aussi le geste de John armant son arme ne parut-il guère attirer son attention. Il griffonna quelques mots sur un morceau de papier et les remit au cornac en lui disant :

— « Voici la grâce, que je vous accorde « en considération de mes éléphants, aux« quels je tiens beaucoup.

« Vous ferez les annonces et publications « voulues pour retrouver Colombo, à vos « frais. Allez ; mais ne recommencez plus! « je vous le conseille.

John partit au galop, en calculant que les frais d'insertions et de recherches nécessités par la fuite de Colombo, représentaient une bien belle rangée de verres de cassis! En français cela s'appelle une perte sèche.

Le soir de cette mémorable journée, devant la foule qui remplissait tous les gradins du cirque, M. Barrel, en personne et en grande tenue, vint prononcer le petit discours suivant auquel nous conservons son parfum d'outre Manche.

« Honorables dames et distingués ha-
« bitants de la ville d'Albert,

« Je n'ai jamais manqué à mes enga-
« gements, et c'est avec une profonde et
« considérable chagrination que je suis
« contraint de vous dire que je ne puis
« tenir les serments de mon programme.
« Mes affiches vous ont, en effet, préconçu
« quatre éléphants et j'ai eu ce matin le
« contristement d'en égarer un en route.

« Croyez, respectables habitants d'Albert
« à la naïveté de ma contrition; excusez-

« moi si je ne vous présente que trois
« éléphants. Celui qui s'est échappé ce
« matin à Pozières de la sollicitude de ses
« gardiens, doit être caché dans quelque
« village ou bosquet des environs.

« Je déclare ici tout hautement que je
« remettrai cinq mille francs à la personne
« qui me le ramènera. Je serai demain à
« Péronne et dans trois jours à St-Quentin;
« M. le Maire d'Albert a bien voulu, d'ail-
« leurs, me promettre de me tenir au
« courant de la recherche de cet animal,
« avec lequel, nobles et considérables
« habitants d'Albert, je vous salue du plus
« profond de ma civilité. »

Ce discours, en dépit des expressions étranges dont il était émaillé, fit sensation dans l'assistance ; et le lendemain 5 mai 1874, il n'était bruit que de l'éléphant échappé. Les cinq mille francs promis par

M. Barrel mirent bien des têtes en branle, car on savait qu'il était homme de parole et qu'il avait d'ailleurs assez de fortune pour tenir ses promesses.

TROISIÈME PARTIE.

—

Suite du récit de Nicolas.

Si absolument dénué de tout que je me sois trouvé, je n'ai jamais tendu la main dans la rue. Cette suprême humiliation a été épargnée à mon pauvre père par la bienveillance de bon nombre de personnes qui avaient eu des relations avec lui du temps qu'il était cultivateur. Toutes avaient gardé le meilleur souvenir de sa franchise, de son courage et de sa loyauté. Aujourd'hui que je commence à réfléchir sur la vie et le commerce du monde, je remarque combien est juste cette maxime que j'ai entendu souvent prononcer à la légère : « le plus bel héritage que puisse léguer « un père à ses enfants, c'est un nom « honorable. » Avec un pareil capital, il n'est pas impossible que les enfants meurent de faim, mais c'est très rare.

Pour ma part, le jour où, poussé par la nécessité, au printemps de 1872, je vins à Albert chercher du pain sans avoir de quoi le payer, c'est-à-dire implorer la bonté de nos anciennes connaissances, l'un me donna de la viande, l'autre du vin, un autre de vieux habits ; et comme j'avais une petite figure honnête et pas déplaisante, plusieurs de ces bienfaiteurs, — que Dieu veuille les récompenser ! — me firent promettre de revenir de temps à autre.

Une amélioration relativement considérable survint donc dans notre position :

nous passions à bon droit pour des pauvres, mais nous étions sûrs de ne plus passer pour des misérables.

Peu à peu le bras de mon père se cicatrisa ; il ne lui restait que le bras gauche pour travailler, mais il avait ses deux jambes, et il trouva aisément un emploi dans une ferme où on lui donnait de la besogne appropriée à ses moyens d'action. Dès ce moment, voyant que notre pain était assuré, mon père, qui faisait le plus grand cas de l'instruction, me fit retourner à l'école que depuis longtemps je ne fréquentais plus.

J'avais moi-même un goût très-vif pour l'étude, et grâce au dévouement de l'instituteur, aux leçons particulières qu'il voulut bien me donner, je fis en peu de temps de grands progrès.

J'adorais la lecture ; malheureusement

il y avait peu de livres à Puymesnil, et ma passion manquait d'aliments, quand une circonstance heureuse me fournit l'occasion de m'en procurer autant que j'en pourrais désirer. L'instituteur me remit un samedi une somme assez forte dans un sac en toile, avec un petit papier en me disant : « Tiens, « dans ce sac il y a cinq cents et quelques « francs : c'est pour payer les fermages de « l'hospice d'Albert que doivent les fermiers « dont voici les noms. Tu porteras cela à « M. Charpenois, le receveur de l'hospice, « tu sais, sur la route de Bapaume, et tu « me rapporteras les quittances. »

Je me rends donc chez M. Charpenois, tout fier de ma mission. C'était un excellent homme, doux et souriant, et il faut croire que ma petite personne eut le don de lui plaire car il me fit très bon accueil.

Voyant que je dévorais des yeux, sans

oser y toucher, un superbe volume qui gisait, lui centième, au milieu de quatre-vingt-dix-neuf autres objets éparpillés sur une table du bureau, il sourit, me demanda si j'aimais les livres, et me permit d'emporter celui qui excitait tant mon admiration.

C'était *l'Inde pittoresque*, un magnifique ouvrage illustré, avec des récits de voyages, des descriptions de pays, d'hommes et d'animaux à se pâmer d'aise en les lisant. J'étais dans le ravissement ; j'en étais pâle de plaisir.

* * *

Ah ! le beau livre et quel régal pour ma jeune tête ! Il y avait dedans, je dois l'avouer, des chapitres que je ne comprenais pas très bien, mes connaissances étant encore assez bornées ; mais les descriptions des villes, les mœurs et les costumes des habitants, le pays surtout, avec sa végétation étrange et puissante, avec ses fleuves dont on a fait des dieux, et surtout ses animaux comme on n'en voit pas chez nous, que de fois j'en ai rêvé ! Je puis le dire, pendant le temps que ce livre fut en ma possession, je ne vécus plus à Puymesnil, mais à Calcutta, à Lahore, à Benarès, à Madras, à Ceylan, à Bombay, à Goa ou sur la côte de Coromandel. Je ne pouvais pas croire qu'il y eût, sous le soleil, un pays avec autant de soleil. Et pour n'être pas troublé dans mes rêves, je m'isolais avec mon livre, je me cachais avec lui, je devenais solitaire, mais sans cesser d'être un bon fils et un bon écolier.

Or, un jour de congé le jeudi 7 mai 1874,

il m'arriva, par suite de ce goût pour l'isolement et la lecture, la plus extraordinaire des aventures.

Mon père, connaissant mes habitudes paisibles, me laissait maître d'employer mes loisirs comme bon me semblait. Je résolus, ce matin là, de passer toute ma journée au bois d'Aveluy ; j'étais certain d'y être seul avec mon livre sur l'Inde, avec mes rêves, à distance des tristes chaumières de nos villages picards, et cette solitude me permettait une journée entière de jouissances orientales.

Je mis un gros morceau de pain dans mon bissac, une bouteille d'eau pour la soif, et, mon livre chéri sous mon bras, je gagnai le bois d'Aveluy en passant au bas de Martinsart par des sentiers à moi connus.

Je puis dire que je connais le bois d'Aveluy par cœur, aussi bien que les gardes de son propriétaire. Taillis, futaies hautes et basses, sentiers, chemins et clairières me sont aussi familiers qu'à personne. Je sais où l'on trouve le muguet le plus hâtif et le plus odorant, les pinsons les plus nombreux, les fauvettes et autres chanteurs ailés de cette forêt en miniature. Je connais la bonne place pour écouter le rossignol, et la bonne place pour réfléchir et regarder pousser l'herbe sans crainte d'être troublé, et j'eus promptement choisi mon emplacement dans une sorte de berceau perdu en pleine futaie, avec un orchestre éparpillé autour de moi, un dôme vert au-dessus de ma tête et la végétation exubérante des bois à mes pieds.

Je m'assis, j'ouvris mon livre et je lus. J'en étais alors à certain chapitre qui décrit en fort beau style la flore et la faune de l'Inde, et à la faveur du soleil déjà chaud, à l'aide de mon isolement, ma jeune et féconde imagination d'enfant avait franchi les espaces, et ce n'étaient plus des chênes et des bouleaux que je voyais autour de moi, c'étaient des palmiers, des agaves, des cactus ; je n'étais plus dans le bois d'Aveluy, mais dans une forêt de bananiers, de sandal et d'ébène.

Ce n'était plus la rivière d'Ancre qui coulait là-bas, au delà de la prairie, c'était le Gange ; et, machinalement, je regardais autour de moi pour voir si quelque serpent venimeux, quelque tigre, quelque lion, peut-être même quelque rhinocéros n'allait pas apparaître et me chercher querelle ; je m'apprêtais à défendre ma vie et aussi le bissac qui contenait ma pitance, quand j'entendis, tout près de moi, un bruit de branches cassées, et, avant que j'eusse le temps de me demander si je rêvais, ou si je devenais fou, j'aperçus, se dirigeant évidemment vers moi, un éléphant, un véritable éléphant !

*
* *

Méry dépeint quelque part l'effroi d'un savant Anglais à la vue d'une paire de bottes vernies, déposées au bord du Nil, en plein désert africain. Il est certain qu'une paire de belles bottes vernies, placée toute seule sur le sable, à mille lieues de l'Europe civilisée, est un spectacle bien étrange et bien fait pour donner la chair de poule à un savant. Mais ce savant n'eût-il pas été bien autrement stupéfait si, se promenant un livre à la main dans le bois d'Aveluy, en plein cœur de Picardie, il se fût trouvé, au détour d'un sentier, nez à trompe avec un éléphant ?

Je me crus, pour mon compte, victime d'une hallucination causée par la lecture et la grande chaleur. Je me frottai les yeux, je secouai ma tête comme pour en chasser les rêves et les visions, mais je ne pouvais plus douter : j'étais bien éveillé et je n'avais devant moi qu'une indiscutable réalité.

La réalité continua d'écarter les branches et vint tout lentement, sans brusquerie, sans se presser, se placer devant moi, qui me trouvais assis sur la proéminence des racines d'un gros hêtre. C'était un éléphant relativement petit, à l'œil vif, malin, mais pas du tout méchant. Je ne bougeai non plus que le tronc d'arbre qui me servait de dossier. L'animal me flaira du bout de sa trompe, sans me toucher, secoua ses oreilles en manière de réflexion, et me tourna le dos.

Je me crus sauvé (car ma passion pour la faune indienne s'était, on le comprend, subitement changée en un indicible effroi) ; mais après avoir promené sa trompe à droite et à gauche dans les fourrés qui bordaient ma retraite, l'éléphant revint vers moi, et me présenta très-gracieusement un petit bouquet de pervenches et de coucous. Je trouvai le procédé on ne peut plus aimable ; je pris le bouquet non sans trembler, et me souvenant que l'éléphant est très-sensible aux flatteries, je m'enhardis et le remerciai par quelques bonnes paroles : « Merci, merci ; Oh ! il est bien « gentil, bien gentil ! Qu'il est beau, le « petit éléphant, qu'il est beau ! »

L'animal secoua ses oreilles, cligna les yeux et parut vivement satisfait. Bien certainement il l'était, puisqu'il alla me cueillir d'autres fleurs et du muguet à clochettes. Mais comme une gracieuseté en appelle une autre, je pris mon pain dans mon bissac et lui en offris un morceau ; alors sa joie se manifesta par un jeu d'oreilles tout particulier. L'idée me vint alors de lui donner à boire, et je lui montrai ma bouteille. Il faut croire que cet animal avait déjà vécu dans la société des hommes, car il comprit parfaitement à quoi sert une bouteille, et son contentement parut redoubler. Mais ici se présenta une difficulté. Le genre humain n'est jamais embarrassé pour boire : à défaut de verre en cristal, l'homme se sert d'une tasse en faïence et faute de tasse, il boit dans le creux de sa main ou à même la bouteille. Mais comment s'y prendre pour donner à boire à un éléphant, quand on n'a, pour y parvenir, qu'une bouteille et de la bonne volonté? Je pensai un moment à verser le contenu de ma bouteille dans mon chapeau, mais c'était un chapeau de paille.

L'éléphant résolut bien simplement le problème. Il courba sa trompe en forme d'U et me présenta l'extrémité évasée de son groin; je vidai tout le contenu de la bouteille dans cet entonnoir, en deux fois, et l'éléphant projeta le liquide dans sa bouche. Quelle jolie leçon d'histoire naturelle! Enchantée de mon savoir-vivre, la bonne bête me frotta doucement les deux mains du bout de sa trompe encore humide; c'était sans doute sa manière à lui d'embrasser les gens.

J'avais donné tout mon pain à l'éléphant, toute mon eau également, et comme il était environ midi, j'avais faim et soif. Je ne me souciais d'ailleurs que médiocrement, je l'avoue, de prolonger un entretien qui, commencé sous d'heureux présages grâce à mes provisions, aurait pu tourner à l'aigreur faute d'arguments palpables. Je me levai donc, je pris mon sac vide et mon livre, et après avoir adressé un grand salut et quelques bonnes paroles à l'éléphant, je quittai mon asile, ma ci-devant solitude, en prenant la direction de la voie charretière qui descend vers Martinsart.

*
* *

Je marchai d'abord d'un bon pas, mon petit corps souple se faufilant aisément parmi les taillis. Mais l'éléphant se mit à me suivre, et comme je vis que la pauvre bête était obligée de casser maintes branches et de se donner un certain mal, la compassion entra dans mon cœur. « Après tout, pensais-je, il n'a pas l'air méchant ; et puis, ce qui est curieux, il n'a pas de défenses. Ma foi, puisqu'il semble désireux de m'accompagner, attendons-le. « Et je l'aidais moi-même du mieux que je pouvais à se frayer un passage, ce qui n'aura pas dû réjouir du tout les gardes du bois, quand ils auront connu ce joli travail.

Une heure après, je rentrais à Puymesnil accompagné de mon gros camarade, à la grande stupéfaction des habitants qui ne pouvaient en croire leurs yeux, et dont la plupart se barricadaient derrière leur grand'porte.

Tout d'abord je me rendis chez l'instituteur, qui ne m'a jamais donné que de bons conseils, et avant de répondre à toutes les questions que provoquait son ahurissement, je lui demandai un seau d'eau fraîche pour mon compagnon et du pain pour moi : je mourais de faim. Puis je donnai toutes les explications possibles sur la singulière liaison que je venais de contracter bien involontairement.

C'était l'heure où le facteur d'Albert passe à Puymesnil. Ce fonctionnaire ambulant remit à l'instituteur, qui était en même temps secrétaire de la mairie, le courrier du jour, et celui-ci, après avoir ajusté ses lunettes, ouvrit les papiers en me disant : « Repose-toi un moment, nous allons nous rendre chez le Maire pour que tu fasses ta déclaration, car enfin cet éléphant doit appartenir à quelqu'un ; les éléphants ne viennent pas au monde dans le département de la Somme, si je ne m'abuse.

Et l'instituteur se mit à lire tout haut,

selon son habitude, le commencement de chaque lettre ou pièce du courrier administratif. Parmi ces documents, à peu près semblables par ce style aride qui ne connaît d'autres ornements que les chiffres, il se trouvait une lettre telle que l'instituteur ne se souvenait pas d'en avoir jamais lue de pareille ; elle était du Maire d'Albert et conçue en ces termes :

« Monsieur le Maire et cher collègue,

« J'ai l'honneur de vous faire connaître
« qu'à la date de lundi dernier, 4 courant,
« vers neuf heures du matin, les employés
« du grand cirque Barrel ont laissé échapper
« un jeune éléphant dans la commune de
« Pozières.

— Entends-tu cela, petit Nicolas, dit en s'interrompant l'instituteur.

« Cet éléphant, âgé de dix ans, répond

« au nom de Colombo ; personne ne savait,
« lors de l'événement, la direction qu'avait
« prise le fugitif. M. Barrel, propriétaire
« de cet éléphant est un homme très-
« honorable et il a déclaré devant le public
« d'Albert, comme il l'a déclaré à moi-
« même, qu'il remettrait cinq mille francs à
« la personne qui retrouverait le jeune
« Colombo.

— Cinq mille francs, Nicolas ! te voilà riche, mon garçon !

« J'ajouterai, monsieur et cher collègue,
« que M. Barrel recommande de ne faire
« aucun mal au nommé Colombo, et qu'il
« suffira, pour recevoir les cinq mille
« francs, de lui indiquer la résidence de ce
« jeune déserteur.

« M. Barrel s'engage en outre à payer
« tous les frais et dégâts qu'aurait pu
« causer l'animal. J'ai l'honneur d'être,
« etc., etc.... »

— Dieu merci, ajouta l'instituteur en manière de péroraison, les témoins ne manqueront pas pour établir tes droits. Allons tout de suite chez M. le Maire.

Je ne répondis rien ; j'étais ahuri. Nous portâmes le courrier chez le Maire, accompagnés de Colombo, auquel je disais de temps à autre une parole aimable. Grande fut la surprise de ce brave homme qui mangeait la soupe au lard. C'était justement chez lui que mon père travaillait ce jour là, et je courus le chercher ; je lui racontai mon aventure et je l'embrassai de bon cœur, ce qui le mit aussitôt dans les bonnes grâces de Colombo.

Le maire me délivra un certificat de bonne vie, de bonnes mœurs et de découverte d'éléphant, et le lendemain, vendredi, sur le conseil de l'instituteur, je partis pour Albert, suivi de Colombo qui, décidément, s'était attaché à ma personne et avait passé la nuit avec moi dans une écurie. Le Maire d'Albert me reçut avec toute la déférence qu'on doit au compagnon d'un personnage aussi imposant que Colombo, et envoya une dépêche à M. Barrel.

Peu de jours après, je reçus la visite, dans notre masure de Puymesnil, de deux grands escogriffes tout roux, envoyés par M. Barrel ; ils me prièrent de leur livrer Colombo après que l'un d'eux, nommé John, m'eût remis cinq beaux billets de mille francs que je glissai dans ma poche. Je conduisis alors ces messieurs dans une remise dont j'avais fait un logement pour l'éléphant, et où je ne le laissais manquer ni de feuilles vertes, ni d'eau fraîche, ni d'herbes tendres.

Les deux Anglais, car leur accent, leur raideur, et l'ensemble de toute leur personne ne permettait pas un doute sur leur nationalité, s'approchèrent de l'animal et lui dirent quelques bonnes paroles.

Mais il faut croire que Colombo ne goûtait pas la langue anglaise ou que les deux insulaires n'avaient point ses sympathies, car pour toute réponse, il emplit sa trompe d'eau et leur en lança le contenu en pleine figure.

Pendant toute l'après midi les deux cornacs essayèrent mille moyens pour décider Colombo à les suivre. Mais mon camarade opposa une résistance tellement obstinée qu'il fallut y renoncer pour ce jour là.

Le lendemain nous usâmes, mon père, moi et les deux cornacs d'un nouveau stratagème. Les Anglais s'en allèrent en avant du côté d'Albert, et se cachèrent dans un cabaret où, d'une part, l'éléphant ne pouvait les voir, et qui passait en outre pour débiter d'excellent cassis.

Conformément à un plan convenu, je devais sortir avec Colombo, qui ne demandait jamais mieux que de me suivre, aller flâner sournoisement avec lui, le long des clôtures des vergers qui s'étendent au sud de Puymesnil et, à un moment convenu, les Anglais prendraient la suite de mes opérations ; une fois sur la route, on viendrait aisément à bout de l'entreprise.

Je sortis en effet, et par mon langage doux et avenant, je n'eus pas de peine à amener Colombo dans la rue; bien plus je parvins à le conduire à travers champs jusqu'à la porte du cabaret où, à ce moment-là, John et son camarade achevaient leur troisième tournée de cassis.

Mais là un frisson courut comme une

vague tout le long de la peau rugueuse de Colombo; il allongea sa trompe droite, raide et horizontale comme le bras d'un réverbère, et après avoir secoué ses oreilles d'une façon inquiétante, il prit le petit trot et...... retourna chez Nicolas votre serviteur.

Tout en vidant leur dernier verre de cassis, les Anglais avaient vu la pantomime de Colombo. Ils parurent sur le seuil du cabaret et aperçurent...... l'envers de leur jeune éléphant qui gagnait le large et, par les ondulations de sa vaste croupe, avait joliment l'air de se moquer d'eux. Finalement il fut décidé, en présence du maire, de l'adjoint, du curé, des cornacs, de mon père, de l'instituteur et de moi, que jamais Colombo ne consentirait à se séparer de Nicolas Bouvart pour suivre ses gardiens; que ledit Nicolas, bien qu'âgé de dix ans, avait le don de séduire et de s'attacher non-seulement les chiens, chats, poulets et canards, veaux et mulets, mais encore les éléphants, et que le seul moyen de faire réintégrer par Colombo le cirque Barrel était de confier à ce jeune dompteur le soin de conduire l'animal à son propriétaire qui, en ce moment, devait arriver à Noyon où, ma foi! il pourrait bien attendre le retour de son éléphant favori.

*
* *

Il fallut trois ou quatre jours pour qu'on mît en ordre ma petite garde-robe, car les nuits sont fraîches au mois de mai. Il me fallut aussi un laisser-passer de la Mairie d'Albert et de la Gendarmerie. Enfin le matin du lundi suivant, je m'en allai de Puymesnil vers Noyon après avoir bien embrassé mon père et reçu la bénédiction de M. le Curé.

Le singulier voyage ! Qu'on se figure un enfant assez bien nippé et s'en allant à travers le département, lui seul, à dix ans, accompagné d'un éléphant ! Qu'on se le figure inspirant partout sur son passage ce mélange d'admiration et d'effroi qui résulte, dans l'esprit de la plupart des hommes, de la juxtaposition, de la communion de vie d'une des plus puissantes œuvres du Créateur avec un frêle et doux produit de la zone campagnarde de Picardie. J'ai passé par Albert, Péronne, Athies, Guiscard et Noyon, et partout Colombo a été calme et bon, comme je l'étais moi-même; il m'a dû sa nourriture et son gîte, et moi, je lui dois d'avoir appris ce que c'est que d'avoir confiance en Dieu et en soi-même, pour faire n'importe quel chemin.

Le jour où j'arrivai à Noyon, côte à côte avec Colombo, j'eus un moment de frayeur: un régiment quittait la ville, colonel en tête. Colombo n'allait-il pas prendre peur en voyant ce défilé de la force armée?

Pas du tout. Colombo se rangea sur le bas-côté de la rue; je lui dis de s'arrêter, car j'aimais à voir les militaires marcher au pas; une, deux, une, deux! ça fait une drôle de musique sur le pavé, une musique qui vous remue le cœur sans qu'on sache pourquoi.

Je m'appuyai d'une main sur la bonne tête de Colombo, et, l'autre main dans la poche, j'attendis le régiment. Le colonel avait un cheval arabe très-joli ; lui, était un fort beau militaire très-décoré, avec une grosse moustache grise. En passant devant moi, il m'examina, sourit et me demanda:

— C'est toi tout seul, moutard, qui conduis cet éléphant ?

— Oui mon colonel.

Et je portai la main au front, militairement.

— Mes compliments, mon gaillard ; tu as bonne mine et on fera quelque chose de toi.

Et parlant ainsi le colonel me salua, ce qui m'émut beaucoup, car c'est très-beau d'être salué devant un régiment, par un colonel à grosses moustaches qui a des croix plein sa tunique.

Bref, j'arrivai sans encombre près de M. Barrel qui voulut me rembourser mes frais de route.

On eut toutes les peines du monde à tenir Colombo en respect. Il fallut lui mettre les fers pour l'empêcher de s'échapper, et je croirais volontiers que ses cornacs n'auront pas toujours eu à se louer de ses procédés.

Je le quittai les larmes aux yeux et je repris le chemin de Puymesnil le cœur bien gros, car je m'étais attaché à Colombo et il me le rendait bien. Et puis je devais à cette bonne bête, que la Providence avait placée sur mon chemin, d'avoir refait une petite fortune et de me trouver ainsi que mon père à l'abri du besoin. C'est grâce à Colombo que j'ai pu réaliser le plus cher de mes vœux, c'est-à-dire compléter plus largement mon instruction. Colombo m'a donc aidé à devenir un homme, et c'est ainsi que s'est accomplie la prophétie de la Mère Mansiaux :

« C'est bien, petit Nicolas, d'aimer les
« bêtes; c'est la marque d'un bon cœur, et
« puis retiens-bien ce que je te dis : ça te
« portera bonheur. »

ANDRÉ NICKEL.

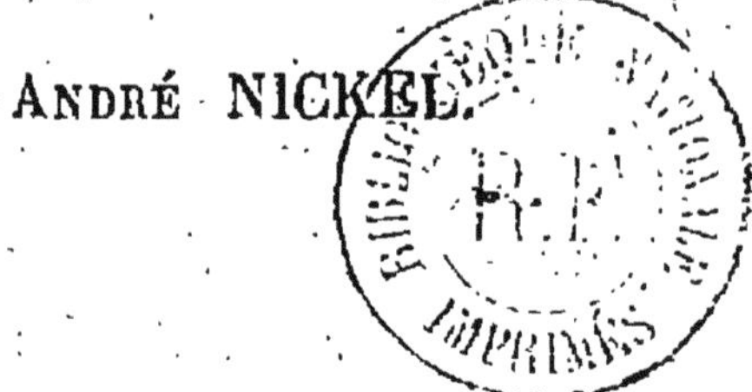

21806. — Amiens. — Imp. T. Jeunet.

www.ingramcontent.com/pod-product-compliance
Ingram Content Group UK Ltd.
Pitfield, Milton Keynes, MK11 3LW, UK
UKHW021200220726
13924UKWH00003B/1224